趙炳華

第45宿

그리운 사람이 있다는 것은

東文選

머리말

이 시집 《그리운 사람이 있다는 것은》은 나의 제45시집이옵니다.

1996년, 1997년을 지나는 나의 영혼의 宿所이지요.

第44宿 《아내의 방》에 이어서 나의 숙명적인 어느 고비를 넘어가는 정신의 달램이옵니다.

기울어 가는 아내의 생명 앞에서 나의 운명을 생각하게 되고, 그 운명의 核인 나의 業을 생각하게 되고, 혼자서 살아갈 날의 나의 余生을 생각한 것들이 시로써 표현되어 나온 것들이옵니다.

나에게 있어서 詩는 이렇게 나의 인생을 걸어가는 길이며, 그 운명을 지탱해 가는 힘이며, 그 운명에게 순응해 가는 위안이며, 그 숙명을 산 정직한 흔적이옵니다.

이렇게 생각이 될 때, 시는 확실히 나에게 있어서 나의 生氣이며, 그 나의 생기를 줄곧 나답게 살아온 고독한 위안이며, 즐거움이었습니다.

고통을 이겨내는 힘, 그것이 시였습니다.

第44宿과 第45宿은 아주 가까운 거리에 있는 내 영혼의 숙소입니다.

1997년 安城 片雲齋에서

차 례

그리운 사람이 있다는 것은

그리운 사람이 있다는 것은

살아가면서 언제나
그리운 사람이 있다는 것은
내일이 어려서 기쁘리

살아가면서 언제나
그리운 사람이 있다는 것은
오늘이 지루하지 않아서 기쁘리

살아가면서, 언제나
그리운 사람이 있다는 것은
늙어가는 것을 늦춰서 기쁘리

이러다가 언젠가는 내가 먼저 떠나
이 세상에서는 만나지 못하더라도
그것으로 얼마나 행복하리

아, 그리운 사람이 있다는 것은
날이 가고 날이 오는 먼 세월이
그리움으로 곱게 나를 이끌어 가면서

다하지 못한 외로움이 훈훈한 바람이 되려니
얼마나 허전한 고마운 사랑이런가.

내가 네게 다시 하는 말이

6·25 한국 동란, 그 무섭던 적진 속에서
나는 나의 '절망의 철학'으로,
정직하게 내 운명을 내 운명대로 살았기 때문에
그 절망의 생존에서 살아남았더란다.
"너의 작은 지혜로
거대한 너의 운명을 피하려 하지 말라"

지금 내가 내 인생을 내 그 운명대로 그 운명을
다 살아온 이 자리에서
다시 너에게 하는 말이
아무리 불안이 네게 닥쳐오더라도
아무리 무서운 공포가 네게 다가오더라도,
아무리 절망 같은 절망이 네게 엄습해 오더라도,
그것을 네 운명으로 받아들이면서

"너의 작은 지혜로
거대한 너의 운명을 피하지 말라"

아, 산다는 것은 이러한 것을

어찌 작은 지혜로 그 거대한 인생,
그 운명을 피할 수 있으리.

시들어 가는 생명 앞에서

시들어 가는 생명체를 보며
더는 시들 리 없는 무생물체를 보고 있는 마음

이미 시든 무생물체는,
이젠 생명을 다 보낸 무생물체이어서
천년, 만년, 고통 없이 그 자리에 있겠지만

시들어 갈 생물체는
꽃이나, 풀이나, 나무나, 벌레나, 짐승이나, 사람이
나,
시들어 갈 그 생명이 다 시들 때까지
그 시들어 가는 고통을 견디어야 하리.

먼저 시들어 간 생명체는
시들어 가며 아팠겠지만
뒤이어 시들어 갈 생명체는
그것을 보며 더욱 쓰라리게
그 애처로운 이별의 아픔을
애절하게 애절하게 견디어야 하리.

운명, 운명, 모든 것은 운명이라 하지만
아, 이 운명의 고통

어머님, 지금 저는
애절하게 시들어 가는 아내의 생명 앞에서
어머님의 먼 그 약속대로
그 운명을 보고 있습니다

숙연한 운명으로.

(1997. 2. 23)

運命의 核으로 業은 돌며

업은 일체 '運命의 核'이라는
생각이 들면서
업이 돌고 있는 인간 세상의 그 궤도 위에
놓여 있는 나를 생각합니다

언제였던가
충청남도 마곡사 가는 고갯길에
허줄한 좌판을 벌여 놓고
갓 쓰고 앉았던 점쟁이 노인이
희끗 나를 보더니
"당신은 전생에서도 사람이었소" 하던 그 말

그것은 무슨 말인가, 귀담아듣지 않았는데
지금 그 말이 생생하게 떠오르니
"그럼, 전생의 그 사람은 어떤 사람인가,
나를 이 이승에까지 쫓아왔으니"

무슨 미련이라도 내게 있단 말인가,
풀지 못한 원한이라도 내게 있단 말인가,

왜, 사람이라는 업에 갇혀서
사람이라는 업을 벗어 버리지 못하고
나는 다시 사람으로 태어나
그 사람을 살고 있는 것인가

사람은 무언가
꽃이나, 벌레나, 가축이나, 짐승이나,
나무나, 그것들도 그의 운명을 살면서
지금 나와 같은 운명의 고통을
앓고 있을까

아, 사람이라는 업은
눈물인 것을.

(1997. 2. 26)

신께서도

신께서도 불가능한 것이 있는지
아무리 소원을 올려도,
공들여 빌어도,
정성을 다하여 손을 비벼도,
아무런 소식이 없습니다

인간의 소원엔
들어 줄 소원이 있고,
들어 줄 수 없는 소원이 있고,
가려서 가려서 처사를 하시는지
신은 말이 없습니다

밤이나 낮이나, 낮이나 밤이나
올리는 가련한 인간의 애절한 소원,
죽음을 가볍게 하여 주옵소서

모든 것, 신의 뜻대로 하겠습니다만
신에게도 불가능한 일이
있을 줄 압니다.

(1997. 3. 12)

운 명

운명 앞에 서 있습니다.
더 가혹할 날의 그 운명을 예기하면서
당신 앞에 말없이 서 있습니다

운명 앞에 긴장을 하고 있습니다.
더 비통할 그날의 운명을 예감하면서
당신 앞에 엄숙히 서 있습니다

아, 다가오는 그 나날을 이렇게
그날의 운명의 모습을 그리면서
당신 앞에 나를 텅 비어 놓고 있습니다

나는 이렇게 걷잡을 수 없이 약한
당신의 아들인 것을.

(1996. 2. 24)

운명의 여신에게

나는 항상 당신을 기다리며
나를 응시하고 있습니다

언제 어떻게 당신이 어느 모습을 하고
내 앞에 돌연히 나타날는지,
그것은 모르나
나는 항상 불안에 떨며
당신이 오길 기다리며
나를 응시하고 있습니다

환하게 웃으며 다가올는지,
아니면 험악한 얼굴을 하고 다가올는지,
그것은 모르나
경건한 마음으로 당신 오길 기다리고 있습니다

아, 당신은 보이지 않는 곳에 숨어서
초조하게, 불안하게,
이루 말할 수 없는 공포로
나를 조작하고 있습니다

오늘도 이렇게 경건한 마음으로
당신 앞에 있습니다.

(1996. 4. 4)

생명이라는 것

어두운 작업실 한 귀퉁이에서
혼자, 자라나고 있는 생명

물을 줄 때도 있고
물을 주는 일을 잊을 때도 있고
보는 둥 마는 둥 하는 화분에서
무섭게 돋아나는 생명의 봉오리

"무얼 그렇게 생각하시오
이렇게도 그늘에서 살고 있지 않소"

들릴 듯 말 듯 힐책하듯
시야를 스쳐가는 이 부끄러움

아 생명, 내 인생도 이러한 것을.

(1997. 3. 2)

어느 절대, 그것

보이지 않던 그것이
보이기 시작을 했습니다

들리지 않던 그것이
들리기 시작을 했습니다

그리고 느껴지지 않았던 그것이
느껴지기 시작을 했습니다

언제부터인가 나는
그것을 凝感하면서

고요히 고요히 지극히 고요히
그것이 내게 와서
손을 내미는 그 순간을 기다리게 되었습니다

먼 먼 그 옛날
석가모니도 그렇게 했듯이
마지막 숨보다 고요히.

(1997. 2. 19)

나의 余生은

지나간 뒤의 고요함,
지나간 뒤의 고요함에 남아
고요한 留物처럼 있습니다

먼 하늘에
낮달이 세월의 흔적처럼 희미하게
청공에 걸려 있고

나는 지금
버리고 간 자리에 버려진 留物처럼
아직은 희미하게 당신에 걸려 있습니다

아주 고요하게.

(1997. 2. 19)

이젠 내가 할 일은

이젠 내가 할 일은
내가 어머님에게서 받은 생명을
하나, 하나, 다시 어머님에게로
다 보내 드리기 전에
내가 이 세상에서 겪었던 일들에게
작별의 인사를 하나 하나 하는 일이옵니다.

나의 혈육에겐 나의 혈육 그만치
정들었던 것에겐 정들었던 그만치
사랑했던 것에겐 사랑했던 그만치
미워했던 것에겐 미워했던 그만치
이루지 못했던 것에겐 이루지 못했던 그만치
그립던 것에겐 그립던 그만치
애타던 것에겐 애타던 그만치
고독했던 것에겐 고독했던 그만치
작별의 예절을 하나, 하나, 차리는 일이옵니다.

아, 그렇게
이제 내가 마지막으로 꼭 해야 할 일은

어머님이 주신 그 생명을 하나, 하나,
어머님께 다시 보내 드리면서
내 인생을 닫을 그 작별의 인사를
하는 일이옵니다.

지극히 고마운 마음으로.

(1997. 2. 23)

매일이 매일

서울 한복판에서
온종일 찾아오는 사람 하나 없고,
전화 한 통 걸려 오지 않고,
서신 왕래 하나 없는 날엔
내가 이승에 있는지 저승에 있는지

혹은 먼 먼 바다에 떠 있는
작은 絶崖孤島, 그곳에 유배당해 왔는지

유배당해 왔다면
어머님, 저는 무슨 업으로 이곳에 와 있을까요

어제도, 어제의 어제도, 또 그 어제도,
오늘도, 이렇게 홀로 나의 업을 생각하면서
먼 훗날 어머님께 올릴 글을 쓰고 있습니다

어머님, 지금 제가 있는 곳은
이승입니까, 저승입니까,
아니면 유배를 당해 와 있는 섬입니까,

매일이 매일
이렇게 텅 빈 우주이옵니다.

(1997. 3. 13)

어머님에게 드리는 선물

어머님,
어머님이 제게 주신 은혜는 무량하오나
어머님에게 드리는 저의 선물은
너무나 작습니다

남이 탐내는 돈도 없고
남이 부러워하는 권력도 없고
남이 자랑하는 명성도 없고
남이 누리는 명예도 없으나
그저 남에게 해가 되지 않는 인생을 살아오며
빚이 없는 맑은 인생을 살아왔습니다

그 맑은 인생을 살아오면서
남에게 꿀리지 않고 남에게 굴하지 않고,
남에게 신세지는 일 없이 자유롭게 살면서
어머님의 그 약속대로
어머님이 내리신 그 이름을 살았습니다

그렇게 어머님이 내리신 그 이름을

때묻지 않게 살아오면서
어머님에게 드릴 그 선물을
이곳까지 간직해 왔습니다

아, 그 선물
어머님의 은혜에 너무나 작고 작고
부끄러우나
어머님의 빛으로 따뜻한 그 이름

그 이름 '조병화'
순결한 당신의 아들이옵니다.

(1997. 2. 22.)

어머님의 약속
─금관문화훈장을 받고

어머님,
이것도 어머님과의 먼,
먼 그 약속이었던가요,
오늘 대한민국 문화의 날에
이렇게 명예로운 훈장을 몸에 걸었습니다

금관문화훈장은
이 나라에서 가장 높은 자리에 솟은
빛이라는데
이 높이가 그저 아득하기만 하옵니다

정신 없이 이리저리 참으며, 견디며,
어머님 말씀대로 살아온 76년의 세월
어머님, 지금 그 약속의 자리에 있습니다

저는 실로 이 땅에
너무나 많은 슬픈 노래를 뿌렸습니다

어머님이 남기신 눈물로.

먼 훗날에

무료한 시간을 헛되지 않게 하기 위하여
이미 저승으로 떠난 선배들의
묵은 시집을 읽고 있노라니

문득, 그분들의 생각,
지금도 내 곁에 와 있는 생각,

세월이 흘러가서, 아득히 흘러가서
나도 저승으로 가고,
이 이승에 부끄러운 시집만 남아서
백년, 천년, 먼 훗날, 후배들이 읽는다면
그 후배들은 무어라고 할까,

오, 세월이여.

(1997. 3. 10)

이렇게 맑게 개인 일요일엔

이렇게 맑게 개인 일요일엔
신들도 끼리끼리
산으로, 들로, 강으로, 호수로,
바다로, 외출을 해서
사찰도, 교회당도, 성당도, 텅텅 비어

교인들만이 가득히
사찰에, 교회당에, 성당에 모여들어서
응답이 없는 소원을 올리고 있습니다

하늘은 높고, 넓고, 깊고, 무량해서
맑게 개인 천공이 아득하기만 하여라

어머님, 저는 이곳
외떨어진 곳에 이렇게 있습니다.

(1997. 3. 9)

고요한 留物

고요를 듣고 있습니다
소리 하나 없는 고요를 듣고 있습니다

있는지 없는지
보이는지 보이지 않는지
고요로 있습니다

불 같던 사랑도
가슴 저리던 그리움도
애타던 기다림도
참을 수 없던 외로움도
잡을 수 없던 꿈도
지금은 부질없는 부끄러움

부끄러움에 숨어서
작게 작게 텅 빈 留物로
고요를 듣고 있습니다

들리지 않는

보이지 않는
그저 비어 있는.

(1997. 2. 20)

雨 水

작년에 새끼 쳐 나간 옛집에
까치가 한 쌍 들락거리며
부지런히 집을 수리하고 있습니다

그 어미든가, 그 새끼든가,
봄이 실려 오는 찬바람에
흔들흔들 흔들거리며
아카시아 검은 나뭇가지 꼭대기에
번갈아 들락거리며
집 수리를 하고 있는 까치

나는 평생 사랑을 했지만
아직 집이 없습니다

아, 봄은 지금쯤
어디메에 머물고 있을까

(1997. 2. 17)

삼월은

삼월은
긴 겨울을 씻어 내고
욕실에서 나오는 열여덟 살 처녀의
화사한 얼굴

활짝 열린 우주
가득한 햇살
천지를 진동하며 쏟아져 나오는
갇혔던 생명들의 우렁찬 합창 소리

오, 병든 자들이여
이 봄을 어찌하려나

삼월은
긴 긴 겨울을 씻어 내고
욕실에서 나오는 열여덟 살
처녀의 확 핀 웃는 얼굴.

(1997. 3. 5)

프리지아

철마다 이른 봄이면 어김없이
거리의 꽃가게에 얼굴을 화사하게
나타내는 노르스름한 프리지아

너는 무슨 전생의 업을 지니고
이렇게 이른 봄 제철이면 어김없이
거리의 꽃가게에서
아직 차가운 바람에 떨며,
햇빛을 퉁기며 살랑거리고 있니

전생에서 너는 무엇이었니
그 전 전 전생에서는 또 무엇이었니
그리고 어째서 이렇게 가냘픈 몸으로
이 나라, 이 땅, 이 도시에서 피어났니

지금 내가 이러한 생각으로
너를 이 나라, 이 땅, 이 거리에서
내려다보며 혼자서 중얼거리는 것도
먼 먼 인연이라 하겠다

이제 너는 더 큰 인연으로
다른 곳으로 팔려 가든가, 이곳에서
혼자 견디다가 시들어 가든가, 하겠지만
너나 나나 우주를 도는 나그네로구나

머물 곳 없는.

(1997. 2. 27)

물은 흘러내리면서

물은 흘러내리면서
자취를 보이지 않지만
온 생물을 키워내리는
생명의 젖이옵니다

아, 그렇게
시는 흘러내리며
돈은 되지 않지만
사람을 사람답게 키워내리는
영혼의 젖이옵니다

그렇게 나의 시는
나를 키워올리는
내 영혼의 고독한 젖이옵니다

(1996. 2. 13)

돌아들 가옵니다

돌아갈 곳이 있는 사람은
아직, 이 세상에
따뜻한 둥지가 있는 사람들.
둥지가 있는 그곳으로 돌아들 가고 있습니다

한동안 서로 서로의 둥지를 떠나서
타향에서 즐겁게 같이
돌아다니던 길을 마치고
다들 제 둥지 제 둥지 있는 곳으로
서로 헤어지며 돌아들 가옵니다

언젠가는 돌아가고 싶어도
돌아가지 못할 먼 그곳으로 떠나서
다시는 만날 수 없게 되겠지만
그곳의 소식을 전해 주는 사람은
아무도 없습니다.

(1996. 1. 31. Fukuoka에서)

조 국

조국은
우리 모든 조상들이 묻혀서 생긴
살아서 숨쉬는 땅이오며
바람은 그 생명의 입김이오며
구름은 그 휴식이옵니다

우리도 머지않아서
그 흙으로 되려니
살아서 몸과 얼을 깨끗이 할 일이오이다

냄새나지 않게, 생기롭게, 자양분 많게,
활기찬 새로운 地力이 되도록.

(1996. 1. 26)

시는 뜨거운 떨림

　　　　　　—Dr W. S. Roske-cho에게

생판 모르는 당신에게서 날아든
이 편지를 읽으며
왜, 나는 이렇게 눈물이 흘러 나오나요

먼 그곳, 독일 어느 도시에서
뜻밖에도 날아든 이 편지
어찌 그 먼 곳까지
내 시가 날아갔던가

옛 시집《낮은 목소리》속에 숨어 있던
시 한 구절 '잊게 하옵소서'가
당신 눈에 띄어
그렇게도 큰 떨림으로
당신 뜨거운 가슴에 깊이
자리잡았단 말인가

실로 시는 말이 아니라
사람과 사람을 이어 주는 영혼의 떨림,
그 영혼의 흔들림이던가

시는 무한공간을 정처 없이 보이지 않게
날아다니다가 떠돌아다니다가
빈 아린 가슴에 깊이 스며들어
한동안 빈 아린 가슴과 동거하며
화끈화끈 떨게 하곤
다시 떠나는 영혼의 입김

아, 이 아침
생판 모르는 먼 사람에게서 날아온
편지를 읽으며
나의 눈물은 말이 없습니다

뜨겁게.

(1997. 2. 7)

당 신

당신이 몹시도 그리웠습니다
긴 인생을 살면서, 내내
다 기다릴 수 없는 당신이 그리웠습니다

아, 인생은 '기다림'이라고 했던가
긴 긴 인생을 내내
당신이 그리웠습니다

(1996. 12. 26)

혜화동에서의 연말 보고

대통령을 지내던 사람들이
연이어 잡혀들며
현 국회의원들이 잡혀드는
어수선한 1995년 말,
자연은 넓고 고요하옵니다

혜화동

동편 숲 속에선
때를 알리는 종소리 울려 나오고
로터리는 차들로 붐비고
낙엽 깔린 인도에선
비둘기들이 바쁩니다

이 세월 속에서, 얻은 것 없이
어머님, 저는 지금 이 불행한 나라에서
불안한 나날을 지내고 있습니다

잃어가면서

잊어가면서
포기하면서
비어가면서.

(1995. 12. 4)

천년 후의 독자에게

나의 생애는
실로 전쟁으로 이어진 역사였습니다

일본제국주의의 식민지의 아들로 태어나서
국민학교 시절부터 중학교 시절까지는
滿洲事變으로,
중학교 시절부터 고등학교 시절까지는
支那事變으로,
일본제국주의가 만주로 지나로
중국대륙을 침략하던 전쟁이었고

내가 일본 동경에서 유학하던 시절엔
일본제국주의가
미국과 연합군을 상대로
태평양으로, 동남아로 침략해 내려가던
세계 제2차 대전쟁시대였습니다

그리고 일본제국의 패망,
조선의 독립, 정치 이데올로기의 분쟁

1950년 6 · 25동란
1960년 군사정부의 수립
1980년 시민 민주항쟁
1990년대에 이르러 문민정부의 수립.

나는 75세 나이를 이렇게 늙었습니다

노인은 용케도 이 나라 잡초처럼 살아남아서
정치가 지나가는 길가에서
만고세월을 겪었습니다.

불안과 안도로.

(1996. 1. 25)

남해 '오도리'

남해 연안 도시로 강연차 내려갔다가
남해 어느 포구 바닷가에서
점심을 받는 상 위에
특별히 마련했다고
왕새우 산 것이 올라왔습니다

살아 있는 왕새우는 정력에 좋은
'오도리'라고 했습니다
오도리는 여인에게 껍질을 벗겨가면서
죽자사자 발버둥치고 있었습니다

나는 대접을 받고 있는 입장에서
사양할 수 없어 눈을 감고
입에 넣어 주는 그놈을 얼결에 깨물었습니다
순간, 그놈은 입안에서 최후의 반항을 하며
숨을 거두어 갔습니다
어머님, 저는 이러한 끔찍한 일을 하곤
어이없어서 바다를 내다보았습니다

바다는 너울너울
구름은 뭉게뭉게

아, 어머님 저는 이곳에서
뜻하지 않게 어머님을 배신하고
어리벙벙 이런 살생을 했습니다.

(1995. 12. 19)

겨울 온천장

예약 없이 찾아간
대형 온천장 호텔은 어디나 초만원이어서
변두리 작은 시골 온천장에 몸을 풀고
온탕에 들어 있노라니
온종일 사람 기척 하나 없습니다

밖엔 눈이 오려나
어두워지는 물안개

아, 세상엔 이렇게도
편안한 곳도 있는 것을

예약 없이는 살아갈 수 없는 이 이승에서
어머님, 당신하고의 예약은
너무나 멉니다.

(1995. 11. 28)

어머님께 올리는, 나의 근황
—75세를 넘기며

어머님, 이렇게 무료할 만큼
저에게 잔잔한 평온 상태가 계속되옵는 것이
모두 어머님의 한량없으신 은혜이오라고
믿고 있사옵니다만, 불안하옵니다
내일을 모르기 때문이옵니다

이렇게 무료할 만큼 잔잔한 소강 상태가
저에게 나날이 이어져 가옵는 것이
모두 어머님의 무량하옵신 보살핌이오라고
깊이 생각이 되옵니다만
그 하루 하루가 감사하오며 근심스러옵니다
하루 앞의 일이 가려져 있기 때문이옵니다

아, 이렇게 제 여생이 그 여생에 있어서
불안하옵도록 무료할 만큼 무사하옵는 것이
모두 고마우신 어머님의 큰 배려이오라고
사려되오나, 불안스러옵고, 근심스러옵고,
저의 그 내일이 너무나 아득하옵니다

어머님을 뵈올 그 내일까지.

(1995. 12. 7)

엄마와 어린이

엄마 손에 이끌려
힐끗힐끗, 엄마의 얼굴을 올려다보며
길을 따라가는 어린이,
아, 얼마나 천진무구한 청순한 얼굴인가

가을 잎이 한 잎, 두 잎, 내리는
혜화동 로터리 빨간 우체동 앞,

고, 스톱, 빨간 신호등에 걸려서
발을 멈추고 있노라니
환히 웃고 돌아가는 모녀의 풍경
아, 세상은 이렇게 아름다운 것이
있는 것을

1995년 가을 어느 오후.

(1995. 11. 21)

고요한 아침

아침 작업실을 열자
향기로운 냄새가 훅 스쳐갔습니다

그렇습니다! 언제부터인가
내 방엔 蘭 한 포기가 놓여 있었습니다
오늘 아침엔 꽃이 피었는가, 하는 순간
놓고 간 사람의
얼굴이 방 안에 환하였습니다

무수한 얼굴이 엇갈리면서.

(1996. 3. 21)

아파트 마을

유리창 구멍으로 하늘을 봅니다

　　창 창 창
　　창 창 창 창 창
　　창 창 창 창 창
　　창 창 창 창 창
　　창 창 창 창 창
　　창 창 창 창 창
　　창 창 창 창 창
　　창 창 창 창 창
　　창 창 창 창 창
창. 창. 이층 203호 창 안에 갇혀서
먼 먼 하늘을 봅니다

책상엔 스탠드와 만년필.
쓰다 만 편지.

(1996. 9. 20)

혜화동 로터리 주유소 마당

찬 하늘을 휭 비상을 하며
아침 운동을 마치고
날개를 접고 땅으로 내려앉은
비둘기떼들이
혜화동 로터리 주유소 마당에서
몸을 움츠리고 목을 푹 박고
살살 겨울 추위를 보내고 있습니다

저것들은 무엇을 생각하고 있을까,

아무리 날아도 날아올라도
더는 오를 수 없는 하늘을 생각하며
날개의 한계를 생각하고 있을까,

유치원 아동들이 지나가고
여학생들이 지나가고
까만 수녀들이 지나가고
어린이가 엄마의 손을 잡고 지나갑니다

나는 비둘기떼를 내려다보며
잠시 동안 그들 속에 서 있습니다

혜화동 로터리 주유소 마당,
매일 그 시간 그 자리.

(1995. 12. 16)

낙 엽

낙엽은, 나뭇가지에서
싹으로 솟아났다가
봄, 여름, 파란 잎으로 자라면서
쉬임없이
태어난 나무에서 태양의 빛과 열을
공급하는 맡은 바 제 은혜와 사명을 다하면서
활짝 피었다가

가을이 접어들면 제 일을 다 하곤
누런 옷으로 갈아입고 스스로 떨어져서
사라져 가는 성자의 영혼이옵니다

떨어져서 사라져 가는 잎이
성자의 영혼으로 보이는 것은
제 사명과 은혜를 다하고
아무런 후회도 없이, 스스로의 무게까지도
나무에게 남기지 않기 때문이옵니다

떨어지는 낙엽을 처량하게 보거나

아름답게 보거나, 하는 것은
사람들의 일이고

낙엽은 그저 제 일 다 하곤
제 자리에서 말없이
스스로 떠나갈 뿐이옵니다

비어서.

(1995. 11. 23)

인간은 죽었다

학생 시절,
밤을 새워 가면서 읽었던
프리드리히 빌헬름 니체는
"신은 죽었다"고 했지만
오늘날은
"인간은 죽었습니다"

썩어 가는 지구에
아직은 사람은 살아 있지만
인간은 죽었습니다

나는 죽은 인간과
살아 있는 사람 사이에서
20세기 말을 살고 있습니다

영혼이 없는 사람들,
그 고독 속에서.

(1995. 11. 21)

세월의 산을 오르며

세월의 산을 오를수록
하늘은 마냥 넓어져만 가옵니다

하늘이 마냥 넓어져만 가오면서
땅은 한없이 멀어져만 가옵니다

땅이 한없이 멀어져만 가오면서
길은 가물가물 이어지다가 사라지다가
아주 지워져 가옵니다

아, 나는 길이 지워져 가는 이 이승에서
바람이 되어 가옵니다

아무에게도 보이지 않는
어머님 곁으로 가는.

(1995. 12. 31)

꽃

꽃은 이 땅에 내려온
천사이옵니다
지상에 내려와서
그저 웃음으로 웃음으로
만물 앞에 고요히 있습니다

인간들이 쓸쓸할 때나, 사랑할 때나,
즐거워할 때나, 괴로워할 때나,
싸울 때나, 전쟁을 할 때나, 떠날 때나,
죽어갈 때나, 새로 태어날 때나,

그 자리, 그 떨어져 있는 거리에서,
한 자리에서,
그저 웃고 있습니다

천사는 말을 잊어버렸습니다

(1996. 2. 13)

길은 길로 이어지며

길은 길로 이어지며
끝이 보이질 않습니다

길을 따라서
그리움으로 그리움으로 이어 왔지만
길은 끝나면, 다시 길로 이어지면서
쉬지 말고 따라오라고 합니다

아, 죽음도 따라갈 수 없는 이 고독

길은 길로 다시 이어지면서
길은 길로 다시 이어지면서,

(1996. 2. 7)

대학로

서울 동숭동 대학로 오후
수많은 젊은 학생들의 물결,
이 파동치는 물결에 우뚝 서 있으면
나는 지난날의 유물이던가

아, 나도 이런 젊은 학생 시절이 있었지,
그 학생 시절엔 읽고, 읽고, 생각하고, 생각하고,
다시 읽고 생각하면서
궁핍으로 나는 내 내일을 더듬었지

그러나 지금 내 곁을 흐르고 있는
젊은 학생들은 무엇을 더듬고 있을까
보이는 것이, 길을 가면서도
먹고, 씹고, 뱉고, 버리고, 남녀 서로 끼고,
희희덕거리는 즐거운 모습

시대는 변하며, 변해 가는 거라 하지만
이 나라의 50년,
참으로 많이도 변했다

내가 죽고, 이 자리에 없을 무렵이면
이 젊은 물결이 이 나라의 늙은 물결이 되겠지만
누가 이렇게 이 자리 서 있을까

지나가는 것이 망각이요
다가오는 것이 혼명이로다

(1995. 11. 22)

고향으로 가는 인터체인지를 돌며

아, 까마득한 먼 먼 길을
줄곧 넓은 하이웨이를 타고
쏜살같이 달려 온 인생,

이제 고향으로 접어드는
인터체인지로 들어서니
한숨이 놓이며 좁은 길이 열린다

도시에서 도시로 촌락으로
넓은 강을 지났다. 터널을 지났다.
숲을 지났다. 협곡을 지났다.
위태로운 낭떠러지를……
비 내리는 날, 바람 부는 날, 눈 내리는 날,
안개 깊은 날, ……
하며, 한량없이 넓고넓은 이 벌판

그 많은 세월을 객지에서
나는 무엇을 그렇게 바삐 찾아 헤맸던가

암, 그렇지 어머님의 심부름으로
고향을 떠나 객지에서
그 많은 심부름을 다는 못하고
시간이 되어
지금 고향으로 돌아가는 길

잠시면 고향,
어머님께 드릴 말씀이

어머님 죄송하옵니다
어머님의 약속, 그 심부름, 다는 못 지켰습니다.

(1997. 3. 6)

내 고향, 長才峯 난실리

—片雲齋에서

떠나도 떠나도
돌아오는 곳은
장재봉, 내 고향 난실리

세상 넓고, 먼 곳,
구름처럼, 바람처럼, 더 갈 곳 없이
떠돌아만 보아도
어머님 품안 같은 곳은 이곳뿐,

아, 어머니로의 나의 땅, 내 고향 난실리
조상들이 대대로 살다 돌아가신 곳

떠나도 떠나도
돌아오는 곳은

장재봉 아래 내 마을 난실리뿐일세.

(1995. 12. 9)

山莊에 부는 바람
—片雲齋에서

山莊을 급히 지나가는 바람 소리는 차다,
처량하다

겨울을 벗으려는 이월 말,
송전 저수지를 스쳐서 오르는 산장의 바람 소리는
마냥 거칠다, 차다, 처량하다,
살결에 매섭게 스며든다

마을 사람들은 모두 어디로 숨었을까,
바람이 밀려가는 길은 넓다,
텅 비어 있다

아, 산장은 견디며, 웅크리며,
잉 잉 거세게 울며 지나가는 바람 소리 속에 있다
아무도 없다

어디로 급히 몰려가는 나그네들인가

산장을 급히 몰려 지나가는 2월의 바람 소리는

차다, 처량하다.

(1996. 2. 27)

편운재 부처님
―片雲齋에서

부처님, 늘 죄송하게 생각하면서
부처님 옆을 오가고 있습니다

부처님이 하두 오랫동안
부처생골에 버려지다시피 흙 속에 묻히시어
혼자 긴 세월을 세월하시어
온몸이 부식 마모되신 것을
이곳 장재봉 아래 편운재에 모셨기 때문에
어디가 머리이고 어디가 아래이고
위아래를 분간할 수 없이
세워 드렸기 때문에

옳게 세운 것 같기도 하고
까꾸로 세운 것 같기도 하고

부처님 곁을 오고 갈 때마다
죄송 죄송 늘 송구스럽기 짝이 없습니다

그저 오래 되신 부처님이시라

넓은 하늘처럼 너그러우시리라 믿고
이렇게 정성껏 모시곤 있습니다

오늘은 눈을 맞으시면서
만고 세월을 혼자 생각하고 계시는군요.

(1995. 12. 20. 눈)

겨 울
― 片雲齋에서

무거워진다
어두워진다
하늘이 한도 없이 내리누른다

날개도 나무도 개울도 돌도
산도 들도 길도 마을도 집도
내 마음도

무거워진다
어두워진다.

(1995. 12. 9)

74

담쟁이덩굴

―片雲齋에서

담쟁이덩굴이
여름 내내 담벽을 타고 기어 올라가다가
멈춘다
멈춘 곳에 겨울이 시작한다

담쟁이덩굴은
올해는 이쯤해서
이곳에서 매서운 겨울을 나고
봄부터 다시 시작을 하지,
멈춘 곳에 눈이 내린다

눈은 펄펄 내리며
바람에 휘날리며
하늘은 뿌옇게 가물거리며
산장은 고요하다

길 가는 사람 없고
눈은 내리며 쌓이고
길인지, 논인지, 밭인지,

하늘과 땅이 희뿌옇게
하나로 어두워 간다.

(1995. 11. 30)

따다 남은 열매

　　　　—片雲齋에서

따다 남은 빨간 열매가 무한공간을
높은 가지에 대롱거리며
지나가는 겨울 바람에
누렇게, 까무잡잡하게, 빛바래 간다

혼자.

　　　　　　　　　　　　(1995. 12. 7)

새 매

― 片雲齋에서

암행어사처럼 사뿐히 내려앉는다
살생들이나 하지 않나 하고.

(1995. 12. 14)

닭

— 片雲齋에서

꼭두새벽을 여는 나팔
꼭겟 꼬오오오오오.

(1995. 12. 12)

뜸부기

―片雲齋에서

뜸북, 뜸북, 암호를 보낸다
"나 여기 있소"
우거진 풀숲에 숨어서

세상은 믿을 수 없이 넓고
따가운 여름.

(1995. 12. 12)

참새

―片雲齋에서

짹, 짹짹, 짹 짹짹,
언제 보아도 그 얼굴 그 얼굴

들에서, 검불에서, 마을에서.

(1995. 12. 11)

메추리

철저한 보호색에 숨어서
고르르, 고르르, 고르르.

(1995. 12. 12)

멧새
─ 片雲齋에서

찍, 찍, 찍,
보일 듯 말 듯 이 가지 저 가지

푸릉 푸릉.

(1995. 12. 12)

꿩

—片雲齋에서

아침을 찾아서,
저녁을 찾아서,
살금살금 들로 밭으로 걸어 나온다

정장한 숫놈과
살살 따라붙는 암놈,

숨어서 숨어서.

(1995. 12. 11)

굴뚝새

— 片雲齋에서

까무잡잡도 하다

주먹만도 못한 작은 놈이
방정맞게스리 푸릉푸릉
이 굴뚝 저 굴뚝

겨울 저녁에.

(1995. 12. 10)

오 리

— 片雲齋에서

꽉 꽉 꽉 꽉 꽉 꽉
흐르는 물에 떠서 방아질하면서.

(1995. 12. 12)

올빼미
　　　—片雲齋에서

갑갑도 하다

온종일 부동 자세로
나뭇가지에 앉아서

부엉 부엉 나직이
밤이 되면.

(1995. 12. 10)

뻐꾸기

— 片雲齋에서

슬프다

숨어서 이 산 저 산
뻐뻐꾸 뻐뻐꾸, 뻐꾸

그리움을 먼 하늘에.

(1995. 12. 10)

까 치
— 片雲齋에서

날카롭다
날씬하다
눈치 빠르다
경계심으로, 경계심으로

까까까. 까까까,

(1995. 12. 10)

까마귀

― 片雲齋에서

음흉하다

인간 세상을 빈정대며
사람 사는 마을을 망보는
유령의 보초

까욱, 까욱,

(1995. 12. 10)

꾀꼬리

— 片雲齋에서

교만도 하다
이 가지 저 가지 높은 곳으로
훨훨 날아다니며
섞이지 않고 혼자 돈다

외롭도록 화려하게.

(1996. 5)

콩 새
―片雲齋에서

야무진 부리, 매서운 눈알
매끄러운 머리, 민첩한 비상
빨치산떼들처럼
급히 급히 편운재 앞 들을 지나간다

제철에.

(1995. 12)

후투티

— 片雲齋에서

너의 울음소리는 슬프다

화려한 두건을 쓰고
우아한 옷을 입었어도
너는 어느 왕족의 상을 치르고 있는 여인

숨어서 호, 호, 먼 들에서 호, 호,……,

(1995. 12. 7)

박 새

—片雲齋에서

방정도 맞다

온종일 이 나무 저 나무
포롱, 포롱, 포롱.

(1995. 12. 7)

94

개구리

―片雲齋에서

끄, 끄끄, 끄끄끄
　끄, 끄끄끄끄끄끄끄끄끄끄,
끄끄, 끄끄끄끄끄,
끄, 끄끄끄, 여보 나 여기 있소,
끄, 끄끄

(1995. 6월)

제 비

—片雲齋에서

봄이 되어 옛마을, 옛집을
다시 찾아왔으나
신축 건물들이 줄지어 들어서서
옛집은 행방불명.

(1995. 12. 12)

산비둘기

ㅡ片雲齋에서

짝을 지어서 이 산, 저 산,
이 들, 저 들.

(1995. 12. 12)

종달새

―片雲齋에서

봄을 알리는 하늘의 자원 봉사자.
맑은 목청으로 하늘을 울리며.

(1995. 12. 12)

이른 봄
一片雲齋에서

뾰족, 뾰족, 뾰족,
파릇, 파릇, 파릇,
불긋, 불긋, 불긋,

깊은 산골에서
뽕, 물 떨어지는 소리.

(1996. 4. 15)

이별이

안개가 자욱히 끼어든 숲처럼
언제부터인가 나의 주변에도
이별이 자욱히 모여들고 있었습니다

사랑하던 사람도 하나 하나 떠나가고
즐겁던 벗도 하나 하나 떠나가고
꿈이다, 그리움이다, 외로움이다, 내일이다, 하던
긴 세월도 하나 하나 떠나가고

오랜 인생을 사랑하며 다투며 지내던
아내마저 먼저 떠나려는 어두운 병실에
나는 남아

안개 자욱히 끼어든 숲처럼
이별이 자욱히 모여들고 있습니다

어머님, 저는 지금 이렇게.

(1997. 3. 28)

물러나는 자의 노래
─片雲齋에서

쑥, 쑥, 대지에서 솟아오르는 봄 싹에
흙이 밀려나듯이
새로운 세대에 밀려
나는 세월에서 밀려나가고 있습니다

밀려나가면서 누구도 모르는 이 고요함,
나의 기운이 다해 가는 숨소리
어머님이 주신 목숨 다 비어가면서
후회 없이 물러가는 이 개운함
어머님, 참으로 감사하옵니다

뾰족, 뾰족, 솟아오르는 힘찬 봄 싹에 밀려
고운 흙이 밀려나듯이

따뜻하게 이 대지에서
물러나가고 있습니다.

고요하게.

(1997. 4. 4)

枯死木

—片雲齋에서

할아버지의 할아버지가 심으셨다는
뒷동산 장재봉 전나무가
언제부터선가 비실비실 비실거리더니
올해 들어서 바싹 시들어 가고 있습니다

아, 나무에게도 수명이 있는가
항상 우러러보던 장정 같던 전나무가
이렇게 시들어 가다니
할아버지의 할아버지의 숨이
나의 대에서 그 기운을 마치려 하는가

수액이 말라가고 있는 몰골,
수액이 말라가다가
수액이 아주 마르면, 약한 가지부터
까맣게 죽어가고 있는 나날

지금 내 몸에 물이 줄어들 듯이.

(1997. 4. 5 식목일)

파이프에 불을 붙이며
―片雲齋에서

슬픈 아침,
　담배 이 한 모금
아, 황홀도 하여라.

(1997. 4. 13)

片雲齋, 난실리 알리는 전화
—片雲齋에서

지금, 전화를 걸고 있는 곳이
어디십니까?

그럼, 그곳에서 경부고속도로로 나오시오.
경부고속도로를 타시고, 쑥
부산 쪽으로 남행하시다가
맨 첫번째 인터체인지, 그 인터체인지를
동쪽으로 돌아, 영동고속도로를 강릉 쪽으로 달리다가
첫번째 인터체인지, 용인으로 빠져
국도 45번을 타고 남행을 하시오.

도로사용비 서울에서 용인까지 120원

그럼 용인 시내를 거쳐
천리, 송전으로 오실 겁니다, 약 10킬로.

송전에서 동쪽으로 좌회전, 계속 국도 45번으로
안성, 평택 방면으로 오시면 송전 저수지가 보입니다.

그 길로 얕은 고개를 하나 넘어 3킬로 지점에
'꿈'이라는 깃발이 팔랑거리는 정거장,
그곳이 片雲齋 마을, 난실리입니다.

長才峯 아래 자리잡으신 어머님 묘소,
그 곁에 片雲齋,
순조롭게 달리면 차로 서울에서 한 시간 반,
70킬로 거리.

자 그럼, 조심 조심 오십시오
지금 꽃들이 지천으로 만발하고 있습니다.

(1997. 4. 16)

片雲 趙炳華선생 약력 (1996. 10. 31)

출생일 : 1921년 5월 2일
출생지 : 경기도 안성군 양성면 난실리 322번지
현주소 : 경기도 안성군 양성면 난실리 산 38의 1번지

학력 : 송전공립보통학교(1년), 서울미동공립보통학교(5
　　　년), 경성사범학교를 거쳐, 일본 동경고등사범학교
　　　수학, 명예철학박사(중국), 명예문학박사(한국)

경력: 경희대학교 교수(출판국장, 문리대학장, 교육대학원장)
　　　인하대학교(문과대학장, 부총장, 대학원장)
　　　한국시인협회장, 한국문인협회이사장, 세계시인대
　　　회장 등 역임

현재: 인하대학교 명예교수
　　　한국문인협회 명예이사장
　　　대한민국 예술원 회장
　　　세계시인회의 국제이사
　　　세계시인회의 계관시인
　　　편운문학상제정, 시행

수상: 아세아자유문학상
　　　경희대학교문화상
　　　한국시인협회상
　　　서울시문화상
　　　대한민국예술원상
　　　삼일문화상

대한민국문학대상
국민훈장 모란장
경희대학교 대학장
대한민국 금관문화훈장
5 · 16민족상(학예)

인류의 마지막 수수께끼,
혼백(魂魄)을 풀다!

유사 이래 사람들은 정신이 곧 영혼이라 믿어 왔다. 하지만 그것만으로는 도무지 풀리지 않는 무엇이 있다. 그걸 찾고자 철학자들은 "너 자신을 알라!"며 끝없이 추궁을 해대고, 불교에서는 '참나'를 찾는다고 누천년을 수색해 왔지만 아직도 딱히 명확한 실체를 제시하지 못하고 모호하고 신령스런 어떤 것으로 얼버무리고 있다.

과연 영혼이란 무엇인가? 그리고 마음은 어디에 숨었단 말인가? 죽어서 우리 영혼이 넘어갈 저승세계는 과연 있기나 한가? '혼백(魂魄)'은 어쩌면 인류가 그토록 찾아 헤매던 판도라의 마지막 상자가 아닐까? 인류 최초, 혼백(魂魄)으로 정신세계와 물질세계를 가른다!

- 산책의 기술, 사색의 비밀
- 걸어야 뇌(腦)가 산다
- 걷기만 잘해도 20년은 더 산다
- 도가비전양생기공 '호보(虎步)'
- 발끝으로 명상한다
- 혼백을 가르면 마음을 본다

- 마음을 알면 지혜의 문이 열린다
- 혼백을 알면 귀신을 본다
- 인류 최초의 야바위 귀신놀음
- 신성한 모든 것은 진실이 아니다
- 혼을 넣고 빼는 비밀
- 귀신을 보고 만들고 부리는 법
- 귀신도 몰랐던 귀신 이야기

신성대(辛成大)

1954년 경남 영산(靈山) 출생으로 16세에 해범 김광석 선생에게서 조선의 국기인 무예 십팔기(十八技)를 익히고, 이후 40여 년 동안 십팔기의 전승과 보급에 힘써 왔다. 현재 (사)전통무예십팔기보존회 회장으로 십팔기와 더불어 수행법, 도인양생공을 지도하고 있다. 저서로는 《무덕(武德)-武의 문화, 武의 정신》《품격경영(상/하)》《자기 가치를 높이는 럭셔리 매너》《나는 대한민국이 아프다》 등이 있다.

귀신부리는 책
혼백론

인류 최초로 공개되는
혼백론(魂魄論), 귀신론(鬼神論)

만약 귀신(鬼神)이 없었다면, 신(神)이 없었다면 인류 문명은 지금 어떤 모습일까? 귀(鬼)는 무엇이고, 신(神)은 무엇인가? 인간의 정신(精神)은? 그리고 혼백은? 혼(魂)과 백(魄)은 같은가, 다른가? 영혼(靈魂), 혼령(魂靈), 심령(心靈), 정령(精靈)… 다 그게 그건가? 초분명의 시대, 이런 것 하나 제대로 정리도 안해 놓고 천당이니 지옥이니, 윤회니 해탈이니 하면서 무조건 엎드리라고만 하는데 과연 믿어도 될까? 혼백과 귀신을 모르고는 그 어떤 종교도 철학도 진리(지혜)에 이를 수 없다.

인간은 자신을 속이는 유일한 동물이다. 인간에겐 '헛것'이 가장 크고, '없는 것'이 가장 무겁다. 버리기 전에는 절대 못 느낀다. 그렇지만 '있는 것'은 버려도 '없는 것'은 못 버리는 게 인간이다. 수행은 그 '없는 것'을 버리는 일이다.

본서는 특정한 종교나 방술, 신비주의를 선전코자 쓴 책이 아니다. 오로지 건강한 육신에 건강한 영혼이 깃든다는 명제 아래 유사 이래 인간이 궁금해하던 것, 오해하고 있던 오만가지 수수께끼들을 과학적이고 논리적인 관점에서 풀어냈는데, 이미 많은 독자들이 "왜 진즉에 이 생각을 못했을까!"하고 탄식을 하였다. 더하여 수행자는 물론 일반인의 건강과 치매 예방을 위해 사색산책법, 호보(虎步), 축지법(縮地法), 박타법(拍打法) 등 갖가지 무가(武家)와 도가(道家)의 비전 양생법들도 최초로 공개하였다. 이제까지 아무도 말해 주지 않았던 비밀한 이야기들로 한 꼭지 한 꼭지가 수행자나 탐구자들이 일생을 통해 좇아다녀도 얻을 수 있을까말까 하는 산지혜들이다. 문명의 탄생 이래 인류가 감춰야만 했던 엄청 불편한 진실 앞에 '천기누설'이란 단어를 절로 떠올리게 된다.

東文選

신성대 지음/ 상·하 각권 19,000원/ 전국서점 판매중

趙炳華 창작시집

第 45 宿

그리운 사람이 있다는 것은

초판발행 : 1997년 11월 20일
2쇄발행 : 1998년 1월 20일

지은이 : 趙炳華
펴낸이 : 辛成大
펴낸곳 : 東文選
제10-64호, 78. 12. 16 등록
서울 용산구 문배동 40-21
전화 : 719-4015

편집설계 : 韓仁淑

ISBN 89-8038-806-3 04810